KB201559

슈게이징

시인의일요일시집 **032**

슈게이징

초판 1쇄 펴냄 2024년 10월 25일

지 은 이 김병호
펴 낸 이 김경희
펴 낸 곳 시인의일요일

표지·본문디자인 에머리532
경영지원 양정열

출판등록 제2021-000085호
주   소 경기도 용인시 기흥구 연원로42번길 2
전   화 031-890-2004
팩   스 031-890-2005
전자우편 sundaypoet@naver.com
블 로 그 https://blog.naver.com/sundaypoet

ISBN 979-11-92732-23-7(03810)

값 12,000원

슈게이징

김병호 시집

아무 일도 없었다는 듯이
발끝만 바라보고 서 있었다.
하루만 남은 마음으로
하루만 살았다.
괜찮지 않았다.

차 례

3부 거기, 누구 없어요?

1부

사랑을 용서해야 하는 마음을
아직 모릅니다

슈게이징*
— 여름 감기

마음만 닿아도 얼룩이 지고 멍이 드는 마음을 복숭아라
할까요?

시꺼멓게 갈라진 씨앗을 다 써버린 슬픔이라 할까요?

허름한 식당에서 벽을 앞에 두고 밥을 먹습니다

발밑의 고양이가 멀리 돌아가는 눈빛입니다

한숨 자고 일어나면 여름이 끝나 있겠냐고 묻습니다

주인 할머니가 복숭아 세 조각을 내어줍니다

무른 복숭아보다 이 빠진 접시가 오갈 데 없어 보입니다

와도 너무 와버려서 거슬러 받지 못하는 안부 같습니다

당신이 서둘러 일어난 자리에 저녁이 옵니다

혼자 마른 마음처럼 내가 가장 어두울 때도 없습니다

실은 처음부터 오래였던 마음입니다

소홀한 마음은 이제 얼마나 나의 편일까요?

피치 못할 여름을 파는 일이라 말하겠습니다

* 슈게이징(Shoegazing)은 1980년대 중반 영국에서 시작된 인디 록의 한 장르. 몽환적인 사운드 질감과 극도로 내밀하고 폐쇄적인 태도가 특징. 신발(shoe) + 뚫어지게 보다(gaze)의 합성어로, 관객과 소통하려는 의지 없이, 죽어라 자기 발만 내려다보면서 연주하는 무대매너 때문에 붙은 장르명이다.

슈게이징
— 천천히 잊는 보람

첫눈보다 먼저 온
눈사람이 있지요

그이의 자리는
정하고 순해서
그림자도 없답니다

마른 연못 하나 감췄는지
모르는 게 맞고 알 수도 없는
울음을 참았다나요
마냥 아프지마는
않았다나요

마중 없이 돌아온
구름의 절반은 파도
이름 없이 돌아온
마음의 절반은 눈보라

예의 바른 이별처럼
능수능란할 수도 없다나요

사랑이 남지 않아 다행인
어느 날
밑 없는 표정이 가만하게 생겨납니다

등을 돌릴 때마다, 출렁
언젠가 한번 살아냈던 생처럼
다시 태어나 사랑을 하는 일은
징역에 가깝습니다

바다보다 멀리 당신이 있어
나는 다만 오래 무서웠습니다
첫눈보다 멀리 당신이 있어
나는 다만 오래 위태로웠습니다

당신은, 하염없이

수상하기도 하지요

아차 싶은 눈짓도 없이
언제,
우리 한번 볼까요?

슈게이징
— 스노글로브

먼 데에서 안부가 도착합니다
슬픔과 파도를 구분할 수 없는 수조 같습니다

하루쯤 더, 기다릴 게 남은 것 같습니다
허공의 돌팔매질처럼 비행기가 낮게 날자 창문마다 매달
린 얼굴들이 쏟아집니다

누군가 그늘 속에서 휘파람을 붑니다
휘파람은 허공에 구멍을 파고 쓸쓸한 거짓말을 묻기에 좋
은 깊이를 갖습니다

몰래 당신을 심습니다
밤이 새도록 물컹거리는 자리를 두 무릎과 먼먼 날로 다
집니다

지워지지 않은 비행운 속엔 혼잣말과 울음과 먼 길이 가
득합니다
당신은 헤어진 적이 없는 사람처럼 먼 지평선을 걷습니다

꽤 괜찮은 불행을 꿈꿉니다
언덕도 없이 절벽도 없이 지평선 끝에서 지워지는 안부가
노래라는 걸 한참 후에야 배웠습니다

불행 하나 없는 불행은
당신의 몫이라 생각했습니다

물끄러미 눈사람을 바라봅니다
보고도 못 본 척 도망갈 생각은 처음부터 없었다는 듯 눈
빛이 닳아 있습니다

당신이 묻습니다
아직 거기 있어요?

오래 생각하는 대답 대신 오래 슬퍼할 일 없이 그저 오래
아팠으면 좋겠다고 생각했습니다

스노글로브 속으로 진눈깨비가 쏟다 얼었다 다시 녹아 흐
릅니다

슈게이징
— 벚나무는 보이지 않습니다

빈방에서 일어난 아침
벚꽃 그늘이 창문에 닿아 있습니다

저 그늘을 어디쯤에 옮겨야 할지를 궁리하다
오롯이 당신만 남은 정오가 왔습니다

이기고 싶은 마음은 처음부터 없었습니다
그만한 일은 내일에도 없을 테니까요

벚나무는 보이지 않아도, 수많은 발자국을 껴입은
벚나무를 생각하다 오후를 맞습니다

배관이 터진 보일러 같은 삼월입니다
어쩌자고 다시 스무 살입니다

망울 속으로 킴킴하게 허공을 폈을 꽃을 생각합니다
아무것도 찾지 않으면서 무엇인가를 찾는 것처럼 마음을
자꾸 내밉니다

꽃집에서 팔지 않는 꽃들은 이미 떠나기로 한 결심 같다
고 언젠가 당신이 이야기했습니다
　벚나무를 가로수로 심는 마음을 이제야 짐작합니다

　어제도 없이 나는 이 먼 데까지 왔습니다.
　보람도 없이 조금 더 늙어야 할까 봅니다

슈게이징
— 어제의 정성

당신이 그랬듯이 꽃이 다 지고서야 봄을 알았지

싸리비로 꽃잎을 쓸면 겨우 지운 이름에 다시 얼룩이 돋고

누가 오는지도 모른 채 하루 내 기다리는 사람처럼

무릎을 안고 가만가만, 눈썹을 뜯어 하늘에 붙이지

그러면 쇠를 부리는 이가 어디 있어 꽃니 자국 같은 섬광
을 비춰주지

당신이 그랬듯이 봄은 다시 오지 않을 테지만 녹슨 철문
닫듯 밤이 오면

나는 시치미 떼듯 초승달을 따다 이마에 붙이겠네

뒷짐을 진 채 궁리도 없이 안녕을 들여다보겠네

마음이 묶여 다리가 없는 나는

구름 너머의 빗소리를 약으로 들으며

오늘도 빚지는 일만 늘어가겠지만

슈게이징
— 그러다가도

가지에 고양이가 올라가 있습니다

질고 막다른 골목입니다

당신은 그것이 권태와 연루되어 있다고 믿습니다

보내는 마음도 없이 목련은 떨어져 내립니다

아슬하게 당신을 건너보는 이유도

갓 익은 슬픔이 문밖에서 기다리는 이유도

더 이상 나의 소관은 아니랍니다

그러니, 너무 나무라지 마세요

도망치다 붙잡힌 발자국 같은 꽃잎들

가지 끝에서 고양이는 다 늙어버리고요

나는 어디로 스며야 할지를 몰라, 울음만 궁금합니다

어쩔 작정도 없이 당신 안부만 묻고 싶었습니다

그러다가도

잘못한 심부름 같아 마음을 꺼뜨립니다

슈게이징
— 골목

하나씩 가져가세요

피아노를 버리고 화분을 버리고 의자를 버리고

당신은 오래오래 서성입니다

울음에 그은 얼굴로 우레와 폭우를 감춥니다

애써 잊어야 간신히 지켜지는 안부는 당신의 몫입니다

발목이 가늘고 입술이 얇은 당신은 낯설고 다정한 귓속말로 묻습니다

사랑이라 부르면 안 되는 마음이 있냐고, 한낮에 겹겹의 별자리를 긋는 마음을 아냐고

돌연하고도 뜻밖인 궁리도 없이 밀어내야 하는 당신의 눈빛이 반짝입니다

사랑을 용서해야 하는 마음을, 당신은 아직 모릅니다

마음에서 놓여날 수 없는, 이미 저편의 일입니다

슈게이징
— 더 기다리면 안 되나요

밤이 접혔습니다
이 밤은 또 누구의 빈집일까요

놀이터에 앉아 노래가 다 되도록
하늘을 당깁니다

그네는 표정만 간직하는 궤적이어서
곰곰하게 있으면

더 높게 차면서
더 깊게 헤어지는 일이

모과나무보다도 훌쩍 자랍니다
달을 지나쳐도 이상하지 않습니다

각자의 겨울로 떠나는 밤입니다

발목을 내어줄까요
마음을 건네줄까요

반동으로 자라는 당신의 안부입니다

기다리는 일이 간곡해지면
다정할 때마다 도망치는 나쁜 버릇이 됩니다

조금씩 버려지는 마음이 자라면
밤마다 잠을 새로 배우는 기분이 됩니다

밤이 한 번 더 접힙니다

그새 모과는 멍을 새기고
나는 당신이 올까 두렵습니다

당신만 모르는 안부

막다른 골목
부딪친 뒷걸음질

어둠 속이면
더 잘 보이지

얼굴도 목소리도 없이
막 다다른 맨발

도망칠 수 없지
담장 밖으로 꺼낼 수도 없지

저만치에 멈춘
절름발이 고양이

한때, 고양이였던
아직, 검고 바싹한 고요

그걸 겨울
아니 우리라 할까

아프고
다정해서

밤이 되어도 거둬가지 않는, 입술들
밤새 덜컹이다 부러지는, 발자국들

다음에
이다음에, 라는 슬픈

연고緣故가 없어
이제 저는 웬만합니다

겨우 하는 일

우리는 아무 일 없었던 듯 기울어진 담장에 대해 이야기를 나누는 중이었습니다 무릎을 끌어안고 울먹이는 여자의 맨발을 눈치챈 건 순전히 그늘 탓이었다고 당신은 말했습니다 뿌리에서 멀수록 울음이 붉다는 걸 당신은 아직 모릅니다

아무 일, 아무 마음이 없다면 함부로 그리워할 텐데, 보고도 못 본 척 도망갈 생각은 처음부터 없었던 듯 덩굴이 담장을 달립니다 당신을 닮아서 멈춰 세우고 싶었습니다 술래가 버리고 간 저 발자국들이 오늘을 닮았으면 하는 마음은, 기운 담장보다 위험합니다

언제 갚을 수 있을지 모른 채 닳고 닳아 까맣게 저를 버리는 일은 담쟁이가 겨우 하는 일이라고 당신이 말했습니다 아무 일도 없이 어쩌지도 못해 서성이며 펄럭이며 아득하다가 다시 시드는 일이 짐승을 풀어놓고 키우는 일과 다르지 않다는 걸 당신은 끝내 모릅니다

아직 거기 있냐고 묻지 않은 일은 마음 바깥을 내어다보는

일입니다
  정성스럽게 겨우 하는 최선의 일입니다

처음부터 그랬던 것처럼

슬픔이 진심에 기울었을 때
당신을 생각합니다

무서운 마음들이 지워지는 사이

거짓말은 어떻게 만들어야 하는지
어디서부터 당신을 닮아 왔는지

이름을 놓치는 일이 잦습니다

잘못 탄 버스를 타고 종점까지 가는 기분과
마르지 않은 속옷을 걷어 입어야 하는 사정이

잘못 씹은 혀처럼 아립니다

온종일 당신만 기디리다
밤은, 포개진 밥그릇처럼 깊습니다

용서 없이 당신을 불러도
아직 불행은 다 오지 않습니다

어제보다 더 가난해질 뿐입니다

당신에게서 내려주세요

나라서적

서성거리는 사람들
얇은 표정으로 오목해진 걸음들

너무 오래 기다리거나
아예 오지 않은, 그이들은
지금쯤 어디에 닿아 있을까

입김 덧쌓인 창유리로
이별은 흘러
캐럴을 연주하는 금관악기처럼
반짝이다 고이는데

검은 목폴라 속의 짧은
목례 같은 시간들
당신은 서둘러 어른이 되고
나는 이제야 딩신의 침묵을 읽는데

창문을 열면

처음인 듯 눈이 내리고
당신이 가져갔던 시간 속으로도
내리고

어제는 오월
오늘은 십일월인, 나는
공중전화 부스에 맴돌던
말랑한 구름이 된다

내 청춘의 심장부가 있다면
충장로 우체국 맞은편

새로 태어난 행성처럼 반짝이며
금 간 스노우볼처럼 반짝이며
당신이 있던 곳

짧은 서정시처럼 눈이 내리지만
나의 몫은 아니었던,

어쩌다 눈사람

말캉해진 꿍꿍이마냥
당신의 표정을 빌리는 동안
연모의 기술만 늘었습니다

속셈도 없이 연모만 키워
섭섭한 날엔 한나절 내내
창밖만 바라보았습니다

당신을 따라 슬픔을 읽으면
사랑이 가만, 생기는 것 같았습니다
함박눈처럼 환하게

매번 나의 쪽으로 기우는 저녁은
어제보다 멀지만
이름 없는 마음 같아서

그런 날은
어딘가를 잘못 다녀온 탓 같아서

당신이 영영 찾지 않을 것 같아서

다시 눈이 쏟아집니다

처음도 아니고 마지막도 아닐 밤
나는 가만히
무수한 당신이 닿을 자리를 닦습니다

미안한 마음도 없이
기다리는 마음도 없이

눈사람

구름은 난간에 걸려
밤이 되어도 흘러가지 못하네

손을 내밀어도
한 곳만 오래 바라보지

잎 없는 나무에 딸린 응달의 깊이와
북유럽 스타일로 장작을 패고 쌓고 말리는 법*을
배워볼 만한 시간도 함께 지나네

슬픔은 땔감이 아니어서
집을 구할 수도 없지만
문을 그려 들어갈 수도 없고
그저 밤새 늙는 노릇만 남아있지

서툰 마술사의 모자처럼
해진 자리에서
쏟아져 내리는 발자국들

당신이 벗어 놓은
신발에 몰래 발을 넣어보네

구름의 사정을
나는 알 수가 없지
막다른 심장을 가진 당신도
나는 알 수가 없지

지난밤이 목숨을 밀고 지나는데
기도는 이제 자라지 않지

슬픔은 그저 구름을 낳을 뿐

* 라르스 뮈팅의 『노르웨이의 나무』(노승영 옮김, 열린책들, 2017) 부제

누구냐고 묻지도 못했다

천둥과 벼락을 동반한 함박눈이
우편취급소 지붕과
한참 남은 저녁 사이를
내리고 있었다

누구냐고 물을 틈도 없이
악다구니가 흐느낌으로 바뀌더니
뚝, 전화가 끊어졌다

바닥까지 내려온 허공이
흰 심장을 풀어놓았다

기억을 아무리 짚어 봐도 온통 허방인데
그래도, 마음이 놓이지 않는다

다음이 없는 사람의
마지막 말

네가, 어, 떻게,

후회할 수 없는 것들이 먼 곳에서
죄가 되었다

혼잣말만 해도
발자국이 생겼다

사랑 밖으로 눈이 내렸다
누가 자꾸, 날 부른다

누가 오나 둘러보다
무서운 생각을 해버렸다

아무렇게나 사랑이

크루아상처럼 접힌 어둠을 뒤적이면
자다가 일어나 울던 안녕이 반짝입니다

당신의 기도를 알게 될까
꿈에서도 말을 더듬습니다

문법이나 행간 없이도 이해되는 악몽입니다
내일쯤 당신이 당도하겠다 싶습니다

한쪽만 들리는 이어폰을 끼고 눈을 감으면 간신히 슬퍼집
니다
거짓말을 할 때마다 혀를 씹는 버릇 탓입니다

브레이크 없이 커브를 도는 심야버스처럼 당신이 덜컹거
립니다

제발, 내려주세요
제가 다 잘못했어요

달래고 타일러도 소용이 없습니다
본래의 뜻과 당신이 멀지 않기 때문입니다

사랑이 어디인지 묻지도 못합니다

2부 |

꽃이 지면 자꾸 신발이 닿는 것처럼

여름에 불과하지만

밤이 긴 여름이 있지

집은 비어있고
쾅 쾅 쾅

당신에게 말할 수 없는 큰일이 있는데

아는지 모르는지 괜찮아하고 물어오는 안부는
처음 만났던 날의 플레어스커트 같지

수면 양말을 신고 텔레비전을 보다
옥상의 걷지 않은 빨래가 생각났어

여름은 호주머니가 많아서
마음 바깥의 것들을 접어, 꾹꾹 눌러 넣기 수월한데

누군가 내 삶을 대신 살아주고 있다는 생각이
갈 데 없는 밤이 되지

멀어서 무사한 안부처럼
열고 닫을 수 없는 통유리 저편

마음이 다했는지
여름이 멈추네

이제는 아무도 살지 않는
여름이지

슈게이징
— 의자가 있는 밤

살 부러진 우산을 쓴 채 간이의자에 앉아 있는 남자가 보입니다

한참 지난 크리스마스트리 같습니다

이름을 붙일 수 없는 마음 그래서 그냥 비워두는 마음도 있다고 합니다

노력도 없이 하루가 가고 하늘 저편으로 쇄빙선들이 모여듭니다

어제 당신이 닿으려던 자리로 흐르는 구름들

어디로 가는지 묻지 못하고 서성이던 기척입니다

받으면 안 되는 미움처럼, 잊어야 지켜시는 마음도 있다고 합니다

들키고 싶지 않은 마음과 찾아주길 바라는 마음의 차이를
모릅니다

누군가 훔쳐 가길 기다리고 있는지, 누군가 파다하길 기
다리고 있는지

어제의 바깥에 비로소 마음이 깃들지 않습니다

바짓단을 타고 오르는 빗길이 남자를 지웁니다

당신이 내놓은 의자인지 아무도 모릅니다

슈게이징
— 어쩌면 삼인칭

벤치에 앉아 자정을 지납니다

새로 생긴 주저흔이 반짝입니다

낮에 들린 병원에선 가슴 한쪽에 물이 찼다고 합니다

사주에 불이 많다던데 이제야 마음이 놓입니다

집은 아직, 멀리에 있습니다

이런 날은 자면서도 발끝을 오므립니다

오지 마, 여기서 기다려

당신은 꿈에서도 나를 길들입니다

당신에게 말을 배웠지만 사람의 요령은 알 수 없습니다

왜 여기까지 왔는지 생을 이어 붙여봅니다.

더 큰 울음을 지닌 이가 있어 이제 집으로 가야 합니다

집은 아직 멀리에, 있습니다

누가 괜찮아, 했을까

괜찮아 괜찮아 다 꿈이니까
다독이는 말에 사내는 겨우 숨을 골랐지

십 년 전의 내가, 십 년 후의 나를 보는
꿈속에서 다시 꿈을 꾸는, 그런 꿈

사내는 기척만으로도
살 수 있겠다 싶었겠지

아주 떠날 사람처럼 발을 묶고 노래를 묶고
기껏 뒷모습인 척하고 있었는데

꿈속의 사내나 꿈 밖의 사내나
실은 전력으로 달아나고 싶었는지 모르지

그때 사내가 슬펐다면
함박눈이 되있을 텐데

그때 사내가 두려웠다면

당나귀가 되었을 텐데

거기가 어딘가요
묻지도 못했네

떠나온 적도 없이 함박눈이 내리고
당나귀의 행방도 모르고

젊지도 않고 늙지도 못한 사내는
잠결에 오줌 누려 다녀온 몇 발자국이
한 생이라 여겼지

눈 위에 다시 쌓이는 눈처럼
꿈에서도, 깨고 나서도
자리를 따질 순 없었지

이다음이 없을 것처럼 너무 멀리 와 버렸으니까
나는 이곳에 와 본 적이 있는 것 같으니까

고양이가 비켜서지 않는다

구름이나 오후를 따라가다
벚꽃 피는 시간처럼 늦는다

돌부리마냥 앞을 막는 저이를
언니라고 부르면 안 되나

아직 더 가난해질 게 남은 듯
고이는 눈빛

돌아갈까, 잠시
망설이는 발그림자

처음이 없는 기다림처럼
어느 울음을 지워야

구름이 멈출까

함부로 길들여진 저를

까맣게 잊는 일처럼 난처하다

놀랄 일도 없이 꽃잎이 기울고
고양이가 지워진다

사나흘 전에 빌려온 그림자처럼
울음이 말라가고

오늘은 아파도 될까
언니에게 묻는데

날씨나 구름처럼
점괘가 없다

고양이가 비켜서지 않는다

자꾸 시작하는 봄은 어디쯤 닿아 있을까요

테이블 두 개 놓인 국숫집에서 때 놓친 끼니를 챙깁니다

멀리 봄이 도망갈 데도 없이 오는데

앞니 없는 할아버지와 교복 단정한 손녀의 웃음이 저리
투명해도 좋을까 싶은데

목련이 피는지 우리가 가난에 익숙해지는 사이

보자기로 곱게 싸인 영정 액자가 뚝, 기웁니다

한 생이 지나가는데 어찌하여 서운하지는 않습니다

슬픈 줄도 모르고 허락 없이 놀러 온 봄입니다

꽃은 봄을 숨길 만한네

詩도 그럴까요

창도 없는 말간 봄날입니다

꽃이 지면 자꾸 신발이 닳는 것처럼

봄밤은 영문도 없습니다

슈게이징
— 목가적 배웅

간판도 없이 과일만 파는 가게에서
수박 한 통을 샀습니다
카드는 받지 않는 주인의 책상엔
주판이 놓여 있습니다

문상을 다녀오는 길입니다
식사도 인사라는데
입술도 적시지 못했습니다

예의라는 까마득한 말을 아끼며
별 하나 돋는 것을 지켜봅니다
아까 들린 가게 유리문에 찍힌
이마 자국 같습니다

밤하늘 모서리 어디쯤에
여름은 식어갈 줄 모르고
허탕을 친 사람처럼
양손이 무거운 밤입니다.

더 먼 곳을 건너가는 너의
마음에 닿기까지
어둠과 슬픔을 키우는 품이
밤과 수박은 닮았습니다

다 무슨 소용일까 하는 마음
갇힌 것들의 마음이
소란한 밤입니다

내일이 있는 것처럼 너를 보냅니다
건너지 않고 남겨두는 마음으로
다녀올 수 있겠습니다

러키세븐

짧은 처마 안으로 몸을 붙인다
죽집과 복권방과 맞붙은 처마
가장자리에 선 사람들

잎 없이 가지로만 서 있는 나무들처럼
흠잡을 데 없는 하루를 만들어 준다

운세의 전모를 알 수 없어
헌금을 하듯 복권을 산다

마지막 남은 숫자 두 개를 곰곰 하는 사이
놀란 염소 떼처럼 빗방울이 들이닥친다

발바닥이 뜨겁다
삶은 항상 적도수렴대쯤에 서 있다

아프리카 킬리만자로산의 만년설이 남아 있을 햇수나
북반구의 저녁을 다 지나온 음악의 박자나
새벽녘 창문을 두리번거리던 그림자의 개수를 짐작하는

사이

빗방울은 금세 세상의 숫자를 다 읽는다
마음 급한 몇이 손차양을 만들어 한복판으로 뛰어든다

오후가 풍경에 빚지는 잠시
멀리서 생을 이어 붙이려는 듯 창에 무지개가 걸린다
빨주노초파남보 러키세븐, 7을 얻었다

마지막 하나가 남은 나는
로또를 사는 사람과 즉석복권을 긁는 사람의 마음이
불운과 불행 중 각각 어느 쪽에 가까운지 가늠하다, 혼자
어려워진다

풀려고 애쓰는 마음도 없이
그새 키 자란 나무 아래 비둘기 울음을 세어본다
갈 길을 모르는 사람처럼
매달려 익어가고 싶은 마음처럼

멀어서 따뜻한 小小

집이 비었다
베란다 타래의 감들만 반짝인다

아무것도 아닌 것들이 지나는지
오후는 주홍빛으로 말랑해진다

어머니는 어디 가셨을까

압력밥솥 김빠지는 소리가
기우뚱 집을 흔든다

들어가지도 나가지도 못하고
우두커니 현관에 서 있는 사이

저녁이 건너오고
무릎이 무거워진다

미루어 놓은 말들도

지워졌으면 싶은데

이치理致도 없이 산 아홉 살쯤을
이어 붙이고 싶은데

다녀왔습니다, 라는
빈 그릇 같은 말도 없이

강릉 아니면 여수쯤

기슭도 없는 너울은
어디쯤에서 몸을 벗을까

잘못 왔구나
지구에 태어나는 게 아니었는데

잃어버린 게 뭔지 몰라 막막해하는
오늘은, 신神을 한번 바꿔도 좋겠다

아무도 모르는 일은
아무 일도 아닌 일

너를 아는 게 가난해서
내가 이 별에 온 이유가 있겠지

오늘은 스물한 살
어제는 마흔아홉

막연하고도 우아한 잠깐에
일백 번쯤 환생하지 않았을까

자꾸만 태어나지는 벌

어떻게 하면 이제 집으로 갈 수 있을까
어떻게 해야 내가 이긴 것 같을까

너울은 끝이 없어 아름답고
너는 누구여도 이유가 없겠다

여름은 고요해졌다

살구나무가 있었다

노래도 없이 그늘만 가졌던 마음이 있고
홀로 오래 견딘 마음도 있는데

객지의 눈 까만 것들만 몰려와
얼룩을 새겼다

멀리 나간 이모는 돌아오지 않았다

담장도 없이
처마에나 겨우 기대고 있는 살구나무

쪼그리고 앉아 꽁초를 태우며
내색도 없이 기다리던, 남자의 자리다

훔친 새알 같은 심장을 매달고 있는 저것을
다정도 없이 불을 켜는 저것을

문門이라 불러야겠다
마지못해 여름도 끝이 나겠다

이젠 조등을 들여도 좋으련만
쓰윽, 뒤돌아보는 눈빛

상처 없이 떨어진 살구마냥
젖이 불은 짐승의 울음이 멀지 않다

멀리 가는 겨울

　문 닫힌 수선집 안에서 미싱 놀리는 소리가 들린다 비닐로 창틈을 메운 윗목에선 사과 말라가는 냄새 가득하고 낮에 한숨 자고 있어났는데도 하루가 길다 잘 지내는 일은 어제처럼 쉽지 않다 달짝이며 말라가는 마음은 겨울을 닮았을까 손끝의 물집이 부풀어 오른다 방 없이 창만 있는 집, 슬픔은 길고 가늘어 멀리 도망가지도 못한다는데 덧신은 양말 사이로 보이는 발가락, 종일 닳아버린 구름의 솔기가 터져 함박눈이 쏟아지기 시작한다 마를수록 붉어지는 사과의 일이다

그런 일이 있었다

두고 온 것이 많은 어제는 꽃나무의 어둡고 끈끈한 허기와 닮았습니다 고모는 봄을 다 산 꽃나무가 그을음 속에 시퍼렇게 숨는 것도 허기 탓이라 했습니다 새로 나고 드는지 이십삼 층 베란다엔 하루 내내 사다리가 놓여 있습니다 그르렁 그르렁 아니 그랑 그랑, 녹슨 미닫이를 기어이 여닫는 소리 같기도 하고 상처를 핥는 짐승의 신음 같기도 한데, 죽는 것보다 늙는 게 더 무섭다고 말하던 고모는 꼽추로 팔순을 넘겼습니다 고모를 볼 때마다 먼 곳을 오래오래 걸어 다녀온 기분이 들었습니다 세상에 낳고 키운 것 하나 없다고 비밀도 없는 건 아니었습니다만, 누가 시킨 것도 아닌데 자꾸 물 녘만 서성이던 고모를 보면 깎아놓은 지 오래된 사과 같았습니다 어제가 한꺼번에 지나갈 뿐이라는 생각이 들었습니다 고모의 흙 발자국이 마르는 시간과 고모가 사다 준 딸기맛 아이스바가 녹는 시간의 사이에는 또박또박 건너오지 못한 어제가 있었습니다 서른이 넘고 마흔이 넘고 쉰이 되어도 나는 다만 어제라는 생각을 하게 되었습니다 두꺼워져 가는 어제의 바깥이 저물녘이 다되어도 말입니다

어떻게든
— 보어의 세계

구름의 모국어는 발자국
뿌리는 있지만
부를 이름은 없어서

구름은 한꺼번에
바깥을 잃지

모퉁이 없이 지나는 사랑의
유일한 은닉처는 구름뿐

자도 자도 밤이 오지 않는
한낮처럼

창 건너에 걸어둔
도무지 비켜주지 않는 한 사람

아무도 모르는 사이를 오가며
사랑은 이름을 놓치지

걸을 때마다 벗겨지는
페이크삭스처럼

어제가 가장 두려운 날

평화에 가까운 일
— 보어의 세계

휠체어에 앉아 다소곳이 만든
손우물엔 새 모이 한 봉이 놓여 있다

나이를 짐작할 수 없는 저이는
교회 성가대라고 하던데

목소리도 새의 울음도
들어본 적이 없다

B-102호 저이는 새장도 없이
간혹 아슬아슬 천장을 날겠다

바싹 마른 손엔 실금이 가득한데
촉수 낮은 전등갓에는 날벌레의 사체가 수북하고
냉장고엔 곰팡이 핀 식빵이 가득하겠다

모르는 사람이 부르는 이름처럼
저이의 죽음도 낯설까

하루에 한 번 지상에 오르는 일은
평화에 얼마나 가까운 일일까를 궁리하다

겨드랑이가 간지럽다

저이 대신 방에 갇힌 이가 분명 있겠다
그래도 뿔이 없어서 저이는 좋겠다

일요일, 아직은 겨울
— 보어의 세계

빨간 파라솔 안에
노인과 소녀가 있습니다

이른 시간이어서
지나는 사람은 없습니다

오로지 그들의 것인 양
부리 붉은 새소리만 가득합니다

컵라면을 앞에 둔 아이는 어느새
봄을 지나는 표정을 배웁니다

눈짓 없이 바라보는 노인의
노고도 맑게 풀립니다

길가에는 교회버스가
비상등을 깜박입니다

일요일은, 믿는 사람만 살아지는
불안이라고 잠깐 생각합니다

나무들 긴 그림자 사이에
시퍼런 잎들이 돋아납니다

한 번도 다녀온 적 없다는 듯
백 년이 한꺼번에 흐르는 아침

헛발 미끄러지는 살얼음 한 평을
누가 보았을까요

한밤의 정물화
— 보어의 세계

모두가 잊는 생일

초경을 시작한 아이는 며칠째 방에서 나오지 않고 겨울에
말라죽은 인도고무나무는 아직 현관에 놓여 있다 감히 건너
다보는 일도 없이 나는, 언제쯤 완전히 늙을 수 있을까 우두
커니 저를 잊을 수 있다면 이마에 뿔 하나 나는 일쯤은 대수
롭지 않겠다

센서등이 꺼지길 기다린다 암각화처럼 수만 년 전 사내가
다시 얼굴을 그려 넣는다 집을 잘못 찾은 것처럼 허기만 남
은 얼굴, 나는 너무 멀리에 살고 있다

아직 더 가난해질 게 남아 있나,
문밖에서 서성이는 발소리

마른 잎처럼 오래 건너온 얼굴을 나시 더듬어 본다

3부 |

거기, 누구 없어요?

슈게이징
— 공 좀 차주세요

따라오는 발자국도 없는
저편으로 공을 보낸다

리어카 하나 겨우 드나들 골목
담벼락 아래 아이가 있다

고맙다는 말도 없이
누가 지나거나 말거나

공만 차는 아이를
차마 지나지 못하는데

아이는 멀리 다녀온 얼굴로
담장 안의 벚나무를 자꾸, 깨운다

먼바다로 밀려가는
절벽의 종소리 같다

외롭다거나 쓸쓸하다는 말은
아직 먼 말이어서

그저 심심한 한때라고 불러줘야
얌전해질 것 같은 오후

이젠 당신이
벚나무 차례다

마운트올리브*의 아이스크림 가게

아이의 눈은 누군가 두고 간 계절을 닮았다

애플민트, 바나나 포스터, 레인보우 셔벗, 초콜릿 무스 로열, 핑크 버블검, 코른 캔디,

먼 곳까지 와 한 방향으로만 흔들리는 사람은 겨울을 편애하는 자

고향이 멀어서 지평선이 자주 흔들리고 혀끝에 물드는 저녁이 시려서 후드득 겨울이 떨어진다

춥거나 뜨거운 이름도 없이, 아이의 찡그린 미간을 쓰다듬는, 볼 빨간 남자는 고향이 인도 갠지스강 어디라던데

흐린 날과 맑은 날에도 눈이 먼 아이는 혀끝으로 색을 만들어 낸다, 묵음默音은 고향에 없는 눈[雪], 먼 사람의 결을 만들어 낸다

밤새 안녕할까, 함부로 맡길 수 없는 안부 같은 구름들
남자는 밤새 열두 개의 국경을 넘고

밤새 먼지 쌓인 스노볼처럼 문소리에 이따금 반짝였다 흩
어지는 어제의 풍경들
그믐이 아니어도 달빛은 서늘하고

* 미국 뉴저지 중북부의 작은 마을

숲으로 행진

저 고양이는 단 두 개의 표정을 가지고 있다
누군가를 위협할 때와 짐짓 무시할 때의 표정인데
길고 뻣뻣한 수염의 각도만으로
신박한 표정을 만들어 낸다

담벼락을 등지고 울음도 없이 버티는 저 자세는 어느새
폐허를 건너온 연대連帶이고
표정 하나 없이 살다, 다 잃고 돌아온 나의 오늘 밤은 표
류에 가까워
여리고 홀연한 대치, 시커먼 벚나무를 사이에 둔 눈빛만
환하다

오늘이 꺾어 신은 운동화 뒤축 같은 부끄러움이라면
내일은 저 벚나무 그루터기쯤이 되겠다

메마른 발자국 가득한 들판을 떠돌며
수염 하나로 어둠과 싸우는 저 투지를
죽은 자리만 떠돌아 죽어서도 떼어낼 수 없는 저 울음을

나의 전생이라 하면 안 될까

숲으로 난 검고 축축한 발자국들이 얼어붙어 있다

그럼, 같이 갈래?

슈게이징
— 누가 그네를 달았을까요

그새 겨울 저편에 닿았습니다

밤은 더 깊어지지 않고 시리고 달콤한 눈들도 아직은 멉
니다

너는 어제 가장이 된 아이입니다

검은 넥타이를 맨 가장의 예절은 이 계절에 제법 어울립
니다

마음을 덜면 그네는 탄성이 얻나 봅니다

너는 하늘 가까이로 납니다

뿔이 자라는지 하늘 저편에 물결이 일고 발바닥이 간지럽
습니다

너는 언제쯤 하얗게 늙어갈 수 있을까요

노래가 다 마르면 너는 사막이 될 수 있을까요

아무도 너를 찾지 않습니다

물끄러미 바라보던 한 방울의 구름이 먼 데 식솔들을 데려옵니다

슬픔이 허술하니 겨울도 더딥니다

너는 아직 차가운 호의好意를 모릅니다

장례식장 뒤뜰에 그네를 단 마음을 짐작도 못 합니다

참으로 다행입니다

슈게이징
— 다정한 술래

저녁이 되지 못한 구름
그이들의 곡절은 얼마나 다정할까

손을 내밀면 녹아지는
나무가 옮기지 못한 마음도 있겠다

나무도 빈집도
당신의 이름을 닮는다

숨을 곳이 구름뿐이어서
저녁이 오는 동안
바라보는 일이 전부인 마음도 있겠다

눈물 얼룩 서늘한 발등과
마른 입맞춤과
아직도
돌아오지 않는 고백

들판도 아니고 집도 아닌
겨울뿐인 과수원

발자국 하나 없이
당신을 데려갈 수 있을까

같이 어디 가자는 말도 없는
이월의 과수원처럼

겨울방학

어두운 겨울인데
너는 구름이 된다
너는 연애소설을 읽고
나는 고요한 거품이 된다
너는 나를 언니라고 부른다
비닐장판 누른 자국처럼
가난해질 거라고 나는 말했다

종일 허공을 달리는 목마들
무쇠 구두를 신은 소녀들
얼어붙은 귀에 속삭이는 휘파람

구름이 된 너의 뺨을 만질 수 있다면
너는 나의 손을 잡고 걸을 수 있을까
이름을 잃어버린 너의 표정은
어디까지 가닿을까

구름은 차가운 지느러미를 달고

빈 페이지를 지나
겨울을 흐른다

슬픔을 모르는 늙은 왕처럼
등을 어루만지면 사라지는 발자국들

뺨에 글썽이는 일몰을
고스란히 내놓아야 할까 보다
아직 어두운 겨울인데

막차는 오지 않고

아직 이름이 없는 병이어서
드는지 나는지 알 수 없다고 했다

억울한 표정은 닳아져 여하한 밤이 많아졌지만

눈에 띄면 외로워지는 투명인간처럼
너는 매번 저만치에 있다

선량한 잠은 멀고
젖은 발자국만 가득한데

너의 무릎을 베고 눕고 싶었다

너는 이미 오래 살고 있을까,
생각하면 가장 어두워졌다

아무도 없는 정류장에 한참을 서 있는 막차가
환히 내려다보이는 병실에서

나의 죄가 너를 알아볼까 몹시도 두려운데

어떻게 집으로 돌아갈 수 있는지 너는 묻지 않았다
대신 실그러진 미간을 쓰다듬어 주었다

오로지 너만이 이 마음을 끌 수 있을 것 같다

슬리퍼를 신고 스탠드에 앉아

힘껏 발길질을 한다
공은 미끄럽고
운동화 한 짝이 한낮을 가른다

삶이 저리 허술해도 좋겠다 싶을 때
아이는 통, 통, 깨금발로 공을 쫓는다

문수 큰 신발과 빗나간 공 중
어느 게 삶에 더 가까울까를 생각하고

힘껏 달려온 걸음과
제 그림자만큼도 구르지 못한 축구공에 대한
아이의 입장까지 헤아려 보지만

허공 어디에 거대한 곡선이 감추어져 있는지는
나의 몫이 아니다

헐렁한 슬리퍼를 신은

불가피한 오후

불쑥불쑥
내 것이자 내 것 아닌 죄를
생각하기도 이미 가파르다

겨울은 아니더라도

빨래를 넙니다
손바닥만 한 속옷과 솔기 터진 수건과 뒤집힌 양말
어떤 싸움이 공평하게 지나갔는지
세 식구 옷가지에 눈꽃이 가득합니다

다시 헹궈야 하나, 마르면 털어 날려야 하나
망설이는 한참 어딘가에 닿으리라는
바람도 없이 허공도 없이 젖은 몸으로
다투던 어떤 생이 생각납니다

거기, 누구 없어요?

빗방울인지 입술인지 알 수 없는
숨결은 어떤 눈빛이었을까요
술래도 없이 숨은 아이처럼
나를 놓친 나는 어디를 날고 있을까요

창밖으로 눈이 내립니다

처음으로 돌아갈 수 없는 슬픔처럼
허기가 집니다

닫으면 갇히는 마음은 왜 어려울까요

발자국이 말라갑니다
아직 혼나지 않은 일이 남은 듯
마음이 길쭉해지고 아무도 살지 않습니다

거기, 누구 없어요?

비가 그치면

겨울이라고 하네요

초록을 꺼뜨린 나무들이 밑줄로 서 있는데
기도는 잠시 소홀해도 좋다네요

소관 바깥의 일들은 모두 전생으로 향하는데
한편으로 쏟아지는 마음은 서늘하다네요

늙은 후박나무 빈 둥지에 한참을 머문 구름의 의중을 묻
는 일도 더는 당신의 몫이 아니라고 하네요

봉쇄수도원 기다란 담장은 다시는 오지 않을 걸 알고 배
웅하는 길인데
먼 길로 돌아가는 뒷모습을 오래 바라보면 몇몇은 새로
눈동자가 생기기도 한다네요

이제는 당신의 안부를 대신 슬퍼할 일이 없어도 되나요
이제는 더이상 무엇이 되는 일이 없어도 되나요

단단하고 투명한 모서리들 사이
비가 그치면 그만, 겨울이라고 하네요

문득이란 거짓말

굳게 쥔 주먹 같은
밤의 빗길

천둥 벼락도 없이
어둠에 척추를 꽂는 직선의 힘도
거짓말

비가 그치면 봄이겠다고
그때도 누군가 속삭였지만
거짓말

빗속에서 자라는 풍경들
도리 없이 건너야 했던 시간도
거짓말

차창에 부딪히는 빗줄기가
아프다 했던 친구는
아직도 스물셋

깊은 밤의 빗길에서
액셀러레이터와 브레이크는
매한가지

먼 데를 가고 있다

비에서 시작해서
비에서 그칠 길이다

혼자 돌아와야 하는 밤처럼

아이가
울음을 참고 있다

이를 앙다물고
주먹을 불끈 쥐고

서둘러 참는 법을 배웠는지
발목이 가늘다

숨을 데가 없는 자정
어디서 멈춰야 할지를 모른 채

나를 업고 가는 아이는
얼굴이 없다

함부로 길들여진 저를
까맣게 잊는 일처럼

아이가
늙는다

아직 더 가난해질 게 남은 듯
깊이 구부린 아이가

나는
오래오래 무섭다

슈게이징
— 아무려나

벗나무 꽃그늘에
학생들을 풀어놓고선

구석진 바위에 앉아 내내
하늘만 바라보았다

누가 사월의 무고를 짐작할까
구름을 읽으면 꽃나무가 될까

이제 가자며 내미는 손이 없어도
바깥을 건너본다

주저흔을 감춘 아이가
사진을 찍고 있다

날리던 벗꽃잎이 얌전하게
아이의 발등에 앉는다

이게 안녕인지는 알 수 없다

벗어날 수 없는 마음과
기다릴 수 없는 시간 사이

이젠 뭘 해야 하나 두리번거릴 때
봄을 지우는 허밍이 들린다

거기는 어떻습니까?

오늘은 신神이 벗꽃잎보다 많다

막차를 놓치고 아홉 정류장을 걸어왔는데

미끄럼틀 아래에서 여자아이 서넛이 담배를 피운다
멈칫하다, 길을 돌린다

하루 내내 안부를 감추고
오늘만 아름다우면 좋겠다 싶었다

필생의 봄을 걸고 내일은
공룡처럼 늙어버리면 좋겠다 싶었다

구멍 난 하늘과 딱딱한 구름과
나의 것이 아닌 다행들

함부로 벗어날 수 없는
술래의 자리

구름이었는지 안부이었는지
주머니 가득 울음소리가 넘쳤다

어디를 지워야 오늘이 달라지나

삼십 년 만에 느닷없이 받은 부고에는
길고 진지한 내력도 서사도 없다

다만 오늘의 안부는 볼모와 같아서
아무도 궁금해하지 않는다

아이들이 저만치 앞서 지난다

오늘은 월요일

일찍 커버린 아이의
빈방에 앉아 창밖을 본다

썼다 지웠던 안부처럼
꽃눈이 환하다

꽃의 자리를 더듬으며
아이는 먼 곳을 생각했겠다
가끔 눈이 매웠겠다

내게도 강이 있어
길게 흐를 수 있다면
아이의 다정이 아직 남아
아껴놓은 비밀을 읽을 수 있다면

이 마음을 갚을 수 있을까

눈썹이 똑 닮은 아이는

오늘도 앞머리로 눈썹을 가리고 있으려나

한낮의 초승달이 반짝인다
서둘러 창문을 닦는다

바닥에 닿는 기분

트럭이 인도에 올라와 있습니다
더 이상 갈 길이 없다는 품새입니다

빈 화분에 남은 뿌리처럼
사내는 커다란 양은솥 앞에서 잠만 잡니다

옥수수는 오늘까지
내일부터는 국화빵이라 했습니다

들키지 않고 기다리는 게 있는지
아직 데려오지 못한 게 있는지

첫눈을 염려하진 않지만
사내의 발목이 시들어 있습니다

저녁이지만 먹구름은 선량합니다
평화도 슬픔도 없는 잠입니다

사내는 옥수수의 생각을
고스란히 흉내내는 참입니다

하마터면 우리,
라고 할 뻔했습니다

겨울이 비슷한 이유

아무래도 닿지 않을 발자국의 주인처럼
내가 나를 서성이는 날들이 길어졌습니다

무릎이 시리고 눈이 잠깐 그친 오후도 있지만
어떻게든 겨울은 또 올 것입니다
그러면 그땐 그렇다고 말이나 한번 해볼까 합니다

사람 하나 지우는 일처럼
검은 독 깊은 곳으로 햇살이 가라앉습니다

밤새 서성이던 당신의 입김을 닮았습니다
겨울의 이마가 뜨거워지더니 뿔이 돋습니다

다음 생엔 절대로 눈사람으로
태어나지 않을 것 같습니다

언젠가 당신을 잊은 적이 있어
나는 이제 나를 사랑하지 못합니다

멀리까지 겨울의 뒷모습입니다